당신이 따뜻해서
봄이 왔습니다

봄보다 더 따뜻한 당신을 위한 詩

당신이 따뜻해서
봄이 왔습니다

감성시인 김남권

國 국일미디어

목 차 ────────────────────

첫 번째 **봄, 봄**

두 번째 **화사한 봄**

세 번째 따뜻한 봄

네 번째 설레는 봄

다섯 번째 그리운 날

여섯 번째 좋은 날

프롤로그

내 생의 마지막 봄날을 기억하는 당신에게

다시 봄이 왔습니다.
당신을 보기 위해,
지난 겨울
한파를 견디고
여기 왔습니다.

"당신이 따뜻해서 봄이 왔습니다!"

해마다 다시 오는 봄은
늘 새롭고 신비롭습니다.

올해도 이렇게 봄이 올 수 있었던 이유는
오직, 당신이 따뜻하고 아름다워서
가능했습니다.

이 순간, 내 생의 마지막 봄날을
당신의 향기로운 숨결로 채웁니다.

올 해가 몇 번째 봄인가요?
다시 봄을 볼 수 있을까요?
오늘처럼 아름다운 봄은 처음이자 마지막입니다.
이 봄이 당신을 위한 최후의 선물입니다.

지난 겨울 별빛의 무늬를 가져와
오늘 여기, 빈 가지를 가득 채우는 꽃송이로
쏟아 놓았습니다.

"당신이 따뜻해서 봄이 왔습니다!"

2024년 봄
푸른 별빛을 기다리며

김 남 권

첫 번째 봄, 봄

당신이
따뜻해서

봄이 왔습니다

당신이 따뜻해서 봄이 왔습니다

당신의 마음이 머문 자리마다

꽃망울이 터지고

당신의 손길이 머문 자리마다

이파리가 돋아납니다

당신이 따뜻해서 봄이 왔습니다

당신이 나를 보아서
봄이 왔습니다

당신을 처음 만나던 순간

그 설레던 눈빛을 기억합니다

아무런 의심도 없고

아무런 선입견도 없는

맑은 우물에 비친 내 모습을 보았습니다

눈 속에 눈부처가 있다는 걸 그때 처음 알았습니다

숨결도 떨린다는 걸

그때 처음 알았습니다

당신이 머무는 그곳에서 봄이 가장 먼저

온다는 걸 그때 처음 알았습니다

당신이 나를 보아서 봄이 왔습니다

당신 생각을 켜 놓은 채 잠이 들었습니다

당신 생각을 켜 놓은 채 잠이 들었습니다*
하루 종일 눈앞에서 어른거리다
가슴 한편에 누워있는
당신만을 위한 별빛을 걸어두었습니다

당신 생각을 펴놓은 채 잠이 들었습니다
평생 동안 운명처럼 어른거리다
마음 한편에 앉아있는
당신만을 위한 달빛을 걸어두었습니다

당신 영혼을 내 몸의 등대에 걸어둔 채
캄캄한 수평선을 숭배하는
한 줄기 불빛으로 눈멀고 말았습니다

오늘도 나는 온통 당신 생각을 켜 놓은 채,
차마 눈을 뜨지 못합니다

_____
*함민복의 시 인용

풍경의 사랑법

바람이 분다
오대산 능선의 주목나무 잎새를 지나온
싱싱한 바람이 불어와 월정사 추녀 끝에 매달린
숫처녀의 치맛속으로 들어간다
딸링 딸링 딸링 딸링
처녀의 몸이 울릴 때마다 바람의 얼굴은 붉어진다
뜨거운 사랑을 나눌 때는 저런 소리가 나야 하는 것이구나
온몸에 떨림이 번져 파문이 번져 나가야 하는 것이구나
바람이 오지 않았다면
저 산 자락만 하염없이 바라보았을 것이다
동안거가 풀리면 묵언도 풀리듯
스님들도 사랑을 하려면 적어도 백일은
침묵을 견뎌야 바람을 불러올 수 있는 거였다
온몸으로 울고 나서야 달빛도 풍경속의 물고기로 매달리게 된다
한바탕 고요를 흔들고 나서야 물고기도
단잠에 빠지게 된다
바람이 분다

기룬 님 작은 어깨를 넘어 온 여린 바람이
새벽 별빛을 데리고 들어와
내 발 위에 풍경소리를 놓고 간다

별의 눈물

별빛도 강물을 건널 땐 나룻배를 탄다
사공의 눈빛을 살피다가 함께 노를 젓기도 하고
눈을 돌려 떠나온 포구를 바라다보기도 한다
나룻배가 아무리 급한 물살을 만나도
물길을 가로질러 같은 곳에 정박하는 것은
바람이 길을 불러서가 아니다
꽃이 웃음을 팔아서가 아니다
별의 옷깃이 노를 부여잡고
땀에 젖은 노래를 부를 때
강물도 흔들리며 물의 무늬를 그려가기 때문이다
그리운 사람에게로 흘러가는 것은 모두
눈물의 무늬를 그리며 간다

20

강물이 깊은 밤 숲의 눈물을 씻어주며

별 무리를 가슴 깊이 받아들일 때

골짜기마다 쩡, 쩡 쇠말뚝 부러지는 소리 들려온다

별은 그렇게 태어나고 그렇게 부서진다

몸속에 말로 다 할 수 없는 통증이 밀려와

뼈마디가 핏물 속으로 빨갛게 녹아내리면

강물의 흐느낌으로 새벽은 별을 깨운다

한낮에도 나룻배엔 별이 가득 누워서 잠을 청하고

그리운 사람에게로 흐르는 강물은

나룻배 그늘 아래서 꽃잠을 청한다

진한 눈물이 꽃물을 먹고 있다

21

멀리 있는 별

가까이 있는 것은 별이 아니다

오래 바라보아도 질리지 않고

항상 바라보아도 변하지 않는

멀리 바라볼수록 아름다운 것이 별이다

사랑하는 사람일수록 가까이 있어도

늘 멀리 바라보아라

멀리 서로 반짝일 때, 하늘도 비로소 빛이 난다

서로 그리워할 때, 사랑은 서로에게

빛이 되는 것이다

제
비
꽃

편
지

그냥 제비꽃 편지라고 하자

깊이를 알 수 없는 공중에 피어나

보랏빛 하늘을 머고

묵은 멍 자국을 평생 안고 살아간다고 치자

두 눈을 한꺼번에 뜰 수 없어서

가만히 한 쪽 손을 내밀어 체온을 재고

동공에 새겨진 보랏빛 무늬로

우주를 건너온 그분의 불빛을 만난 것으로 하자

그리운 것들은 모두 보랏빛 핏줄이 되고

배추 잎 속에서 장다리가 자라나

보랏빛 핏줄이 될 때까지

너의 심장도 눈치채지 못할 것이다

하늘 한가운데로 제비를 닮은 물고기가 지나간다고

눈치챌 수 없는 것처럼,

나무 위에 새로 돌아난 상처를 들여다본다,

굳어 있는 땅의 가장 여린 틈을 비집고
하늘을 여는 너의 눈빛을 보았다
목숨을 다해 피어난 엉겅퀴의 발톱이다
보랏빛 소나기가 쏟아지고
보랏빛 하늘이 젖었다
발신 불명의 제비꽃 편지가
명투성이인 채로 도착했다

추신: 제비꽃을 술에 타서 마셨습니다
　　　몸이 다 녹아버렸습니다

따뜻한 고백

도둑 같은 안개비가 내렸다
지붕의 가장 낮은 틈으로 스며들어
12월의 마지막 새벽을 훑렸다
자정 무렵 별빛의 빙점이 시작되었다
눈 쌓인 거리에 미끌거리는 눈물이 흐르고
하얀 면사포에 쌓인 것들이
꿈틀거리며 깨어나고 있다
짐승의 털이 유순해지는 시간이다
발꿈치를 들고 강을 건너는 물고기들의 함성소리가
새벽 강물을 깨우고 있다
산 정상의 빗물, 작은 짐승의 빗물
가난한 지붕의 빗물, 고독한 이들의
빗물이 흘러 강물이 되었다
잠들지 않는 물길이 물관 속으로 흘러 들어갔다
물이 흐를 수 있는 가장 낮은 곳으로
나무의 체온이 만져지고
따뜻한 바람이 불어왔다
이렇게 내가 아직 살아 있어
너를 꽃 피울 수 있구나

27

달의 연인에게

보름달이 떴는데 어떻게 날 안 쳐다볼 수 있어?

널 보려고 한 달을 걸어서 왔는데

별들의 일방적인 해코지를 받으며 천 년을 걸어서 왔는데.

어차피 나와 한 몸이었는데 좀 떨어져 지내면 어떠냐구?

그게 벌써 오억 년 전 일이야 넌 그게 당연하다고 생각하니?

한 달에 딱 하루 완전한 몸일 때 너만 보여주고 싶었는데

일 년을 같은 자리에서 기다려도

어떻게 얼굴 한 번 보여주지 않을 수 있니?

하도 답답해 백일 동안 달맞이꽃을 피워 놓아도

너는 바로 옆을 지나가면서도 눈길 한 번 주지 않더구나

새벽이 오면 보고 싶어도 만날 수가 없어

다시 보름이 오겠지

그렇지만 그때까지 네가 살아 있을지 걱정이야

만약 살아 있다면 다음 보름엔 꼭 얼굴 한번 보자

달이 저물고 있어

부디 아프지마

여자 사용설명서

우주의 섭리라고 생각한다

남자들은 도저히 풀 수 없는 오묘한 이치가 담겨있다

이해하려고 하지 말아라

순응하고 맞장구쳐 주는 것이 진리다

아니라고 말하는 순간이 있다면 정말 거부할 수 없다는 뜻이다

그렇다고 말하는 순간이 있다면

너를 위해

수긍한다는 뜻이다

순간, 말의 뜻에 따라 미묘한 감정을 잃지 않으면

낭패를 당할 위험이 있다

언제든지 꽃보다 아름답다고 불러줘야 하고

아무리 멀리 있는 별도 따다 줄 수 있다는 믿음을 줘야 한다

살면서 근사하고 예쁜 여자를 만나더라도 내색을 했다가는

허리가 잘리는 수난을 당할 수도 있다

물을 잉태한 최초의 생명이라는 사실을 한순간도 잊지 말아야 한다

모든 생명의 주인.

우주의 또 다른 이름으로

숨결 한 올 한 올을 영혼으로 만질 수 있는 불의 화신이다

그 안에 들판을 키우고 하늘의 씨앗으로

가득 차 있음을 잊지 말아야 한다

저녁마다 시린 추녀 끝에 등불 하나 내걸고

마른 빗줄기를 끌어안을 때

지문처럼 번지는 물줄기를

밤새도록 동공에 새기고 가는

최후의 인종.

만약 지금이라도 반품할 생각이라면

감가상각비로 두 눈을 반납해야 할 것이다

남자 사용설명서

포장을 뜯기 전에 사용설명서에 기록되어 있는 약관을
꼼꼼히 살피지 않으면 낭패를 당하기 십상이다
A/S가 평생 불가능하거나 반품이 안 되는 것은 물론
물건을 인수한 즉시 폐기처분 해야 할 경우도 있다
모든 암컷에게 사족을 못 쓰고 덤벼드는 특성이 있으며,
종족 번식을 하지 않더라도 수시로 발정이 나기도 한다
쓸데없이 부풀었다 풀이 죽기를 반복하는 동안,
물난리를 겪기도 한다
주인을 가끔 못 알아보고 함부로 짖는 습성이 있고,
물보다 조금 진한 것을 복용하면 집을 못 찾아오거나
한뎃잠을 자기도 하고 아무 곳에나 영역 표시를 하기도 한다
먹을 것을 주면 함부로 꼬리를 흔들고
목덜미를 쓰다듬어 주면
발랑 드러누워 항복 표시를 하기도 한다
가끔 혈통 있는 것들은 영감을 빌려와
시를 쓰기도 하고 그림을 그리거나
노래를 부르는 신통한 재주를 부리고
따뜻한 감정을 불러 모아 사랑이라는
빛나는 선물을 주기도 한다

하지만 많은 사육비용과 오랜 희생을

담보로 해야 하므로

권장할 만한 사양은 아니다

옆에 항상 누군가 붙어 있어야

먹고 싸고 놀이를 할 수 있으며

심지어 혼자 일어서는 데 무려 일 년이 넘게 걸리고

말 한마디를 하는 데 삼 년이 넘게 걸리는 하등동물이라는

주의사항을 흘려들었다가는 똥오줌을 받아내며

밥을 떠먹이고 걸음마를 시켜야 하는

웃지 못할 꼴을 보게 될 것이다

백년을 묵어도 천지 분간을 못하고

다리의 위와 아래를 찾지 못해

평생을 무릎 꿇고 삼천 배를 올려야

계약이 종료되는 위험한 동물이다

만약 아직 포장을 뜯지 않았다면 더 늦기 전에

반품할 것을 적극 권장한다

마늘이 나올 때

왕겨를 덮어놓은 밭두렁
허공을 덮은 자리에 마늘 순이 올라왔다
묵은 계절, 뿌리내리지 못한 어둠속 결빙의 입자들을 붙잡고
악착같이 버텨낸
채권자들이 몰려왔다
즐비한 외상장부를 들고
즐비하게 들개 떼가 몰려와 장롱을 뒤지고 책상을 뒤엎고
부엌의 살림살이마저 마당 한가운데 널브러지던 그날처럼,
하늘은 고요하다
피난민이었다가 화전민이었다가 도시 한 모퉁이를 지나
평생 이방인으로 살아야 했던 아버지의 인생은 텅 비어 있었다
갚아야 할 것도 받아야 할 것도
오직 혼자만의 기억 속에 남겨둔 채 눈을 감으셨다
딱, 지금의 내 나이였을 것이다
농약기운이 온몸에 퍼져서 소양강 길을 꼬불꼬불 돌아 나올 때쯤,
아들에게 남겨두고 갈 빈 외상장부 때문에
차마 눈을 감을 수 없었을 것이다
한 번도 제대로 전해 받지 못한 외상값 받으러 가는 날이 온다면,
그동안의 이자도 받아낼 생각이다

대청동 치과의 이빨 때운 값, 의정부 시장 통 여인숙 방값,

그리고 급할 때 지인들에게 빌려 쓰고 떼먹은 돈까지

아버지의 외상장부에 기록해 두었다가

신발 갈아 신고 노잣돈 받아 길 떠나는 날,

만장 깃발 가득히 흩날리고 갈 것이다

만행

다시는 돌아오지 않을 사람처럼 아침마다 길을 나선다
익숙하고 다정하고 오래된 길을 한 번도 돌아보지 않은 채
사거리 신호등을 건너고 편의점을 지나고
시장 뒷골목을 천천히 걸어서 터미널로 향한다
동서울 가는 직행 표를 끊거나
영월 가는 시내버스를 타기도 한다
정말이지 버스를 타는 순간에는 돌아올 생각이 전혀 없었다
그렇게 기약 없이 익숙한 길을 떠났다가
돌아온 지 십오 년 이젠 돌아오지 않을 때도 된 것 같다
돌아오지 않는다고 해도 하나도 이상할 것 없는
아무도 기다리지 않는 길을 거슬러 돌아오는 동안,
나는 쓸쓸해진다
별이 마중 나오지 않는 길을,
그리움이 컴컴해지도록 터벅터벅 버려진 발자국을
더듬어 간다
내가 가지 않은 길은 밤새 비어 있을 것이다
갈 곳 잃은 달맞이꽃만 이십 년 전 그 길을 걸어 나와
허기진 달빛을 받아먹고 있을 것이다

파꽃

어머니의 생전에 새하얀 불길이 타오르고 있다

칠십오 년 동안 하루도 쉬지 않고

달려온 성화 봉송대 위에서

마지막 불씨를 점화하고 있다

일시에 번지는 불꽃이 하얀 포말을

일으키며 번져나가고 있다

불길마다 어머니가 누워 있다

불길마다 어머니가 타고 있다

올망졸망한 새끼들 품에 꼬옥 안은 채

물길 건너 꽃길 건너 소금 꽃을 피우고 계신다

언제 저 땅속까지 하늘을 심어 놓으셨을까

푸르게 속이 빈 자궁으로 솟아올라

슬픔의 기둥을 받들고 서 있는 것일까

말라버린 눈물 때문에 차마 눈조차

뜨지 못한 채 하늘바라기로 굳어버린

민들레 홀씨 같은 바람의 어머니

두 번째 **화사한 봄**

당신이 따뜻해서 봄이 왔습니다

당신이 따뜻해서 봄이 왔습니다
당신의 따뜻한 눈빛으로 햇살을 불러오고
당신의 따뜻한 가슴으로 물결을 불러왔습니다
당신이 따뜻해서 봄이 왔습니다

당신이 따뜻해서 봄이 왔습니다
당신의 따뜻한 손길로 대지를 눈 뜨게 하고
당신의 따뜻한 발걸음으로 꽃이 눈멀게 했습니다
당신이 따뜻해서 봄이 왔습니다

제
비
꽃

당
신
에
게

메마른 땅 돌 틈 사이에
제비꽃 한 송이 피어나려고 눈보라는 그렇게
차가운 별빛 아래 오래 머물렀던가 보다

해마다 3월은 다시 온다
가장 평화로운 햇살만 모아
보랏빛 웃음이 피어나겠다
가장 아름다운 눈빛만 모아
보랏빛 향기가 피어나겠다

세상에서 높고 귀한 것들은 모두 보랏빛이다
세상에서 깊고 환한 것들은 모두 보랏빛이다

나를 품고 길러낸 어머니의 가슴도 보랏빛이고
내가 사랑한 사람의
가슴도 모두 보랏빛이다

내 가슴이 한결같은 보랏빛으로 빛날 때
메마른 땅 돌 틈 사이에 피어나는 제비꽃 한 송이도
뜨거운 별빛으로 반짝일 것이다

하늘 바다가 같은 눈을 뜨고
꽃나비가 같은 사랑을 하게 될 것이다
내 심장이 보랏빛 얼굴이 되어
너를 처음 바라보았을 그 때처럼

속초에서의 일출

아침마다 동해에서 솟아오르는 슬픔을
설악의 바위에 적는다
입을 벌린 물고기들이
대청봉을 향해 기어오르다
거품을 물고 쓰러진 자리, 솜다리꽃 한 무더기 피어났다
어머니가 흰 수건 질끈 머리에 동여매고 불머리를 앓던 것처럼
흰 바위마다 솜다리꽃 지천으로 피어나
하늘을 부르고 있다
수평선에서 깨어난 일출은 설악을 넘지 못하고
영랑호에서 일몰을 맞이한다
집을 떠나온 사람들이 마지막 숨을
몰아쉬고 물속으로 들어갔다
미시령을 넘는 동안 죄가 사라진 사람들이
영랑호에서 몸을 씻는다

그들의 혼이 바다의 어둠을 불러와
바람 골의 오름을 만들었다
파르테논 신전이 그곳에 있었다
신들이 밤마다 모여 제 자랑을 하느라
아무것도 제대로 세우지 못한 채
허무한 아침을 맞고
신들이 앉았던 자리엔 대명천지를 밝히는
또 하나의 신전이 세워져 있다
설악은 그렇게 눈뜨고 허무한 눈길로 호수를 바라본다
속초 앞바다는 단 한 사람의 눈빛도
지켜주지 못한 채 울산바위 앞에
무릎을 꺾었다
멀리, 재벽을 돌아 오징어잡이 배들이 등대로 귀환하는 동안
누군가는 밤새 두 눈이
빨갛게 짓무르도록 가슴이
출렁이고 있었다

47

폭설

새벽에 역사가 바뀌었다
흰 무리의 반란군이 소리 없이 쳐들어왔다
주동자를 찾을 수 없을 만큼 완벽한 제압으로
부패한 왕조는 뒤집어졌다
줄줄이 끌려 나오는 역적들은 모두
남해로 유배 시킨 뒤 참수하기로 했다
땅 끝을 찾아 가는 길에
붉은 피가 뚝뚝 떨어져 있다는 전갈이 왔다
수시로 출몰하던 산적들의 모습도 보이지 않는다
발자국이 남아 자신들의 은신처가 발각된다면
한 번에 소탕될 수 있다는 두려움에
바람 소리마저 숨죽여 들어야 했다

죄 많은 사람은 절대로 새벽길을 나서지 않는다

누군가의 발자국을 따라가야 그 자리에 묻히기 때문이다

새 날이 오고 있다

소리 없이 흰 어둠이 밀려가고 나면

빈 터에 꽃무리 점령군이 몰려 올 것이다

반란의 연속,

숨죽이다

숨죽이다

터져버릴 심장이 열두시 정각에 머물러 있다

별
빛
으
로   오
는   사
람

별빛이 내리는 시간에 너를 본다

사랑이 반사되어 밤새도록 눈부처로

마주 보는 너는 눈송이 같다

온 밤을 가로질러 내리는 함박눈처럼

시리고 시린 밤의 허공을 걸어와

지치고 안타까운 내 가슴에 닿는다

별빛이 내리는 시간에 너를 만난다
그리움이 반사되어 밤새도록 꽃부처로
피어나는 너는 꽃송이 같다
온 생을 가로 질러 내게로 온 첫사랑처럼
아리고 아린 별의 창공을 걸어와
외롭고 애처로운 내 영혼에 닿는다

천 일 동안 같은 별이 뜨고
천 일 동안 같은 눈물이 솟는다
매일매일 마주 보지만
매일 매일 만날 수 없는 너를
별자리의 이름을 빌려 내 가슴에 새겨두고
별빛이 내리는 시간에 너를 만난다
별빛이 내리는 시간에 너를 기다린다

내가 기다리는 사람

12월의 밤바다에 뜬

달무리를 지고 밤새 대관령을 넘어온 사람을 만났습니다

귀를 에는 영하의 추위 속에서

새벽 내내 문밖을 서성거리는 발걸음 소리가 멀어졌다

가까워지고,

가까워졌다 다시 멀어지고,

잠기지도 않은 문고리 한 번 잡아당기지도 못한 채

그 흔한 기침 소리조차 들려주지 않았습니다

그저 달이 떴으니 달무리로 알아들으라는 듯

숨소리마저 흔들리지 않았습니다

어쩌면 차가운 주머니 속에서

꼬물거리는 손가락만 나를 향해 수줍은

신호를 보내고 있겠지요

입김조차 말라 버린 숨죽인 사랑 때문에

새벽은 그렇게 말없이 내 곁을 비우나 봅니다

땅을 디디고 공중을 지나 다시 내 가슴에 와 닿는

발걸음 소리가 이렇게

오래 걸릴 줄 몰랐습니다

발자국마다 그 사람의 무늬가 새겨지고

꽃이 피게 될 줄 몰랐습니다

새벽이 밝아 오고 문밖에 나 있는

무수한 발자국이 선명한 지문으로

떠올랐습니다

꽃이 피겠습니다

동상 혹은 상동 아이들

상동시외버스터미널 앞,
어린 딸을 목마 태우고 아내와 아들을 환한
미소로 바라보는 광부가 서 있다
건너편 개울물 소리가 들리는 산자락
아래로 까만 탄가루가 섞인
양은 도시락을 먹고 있는 광부의 모습도 보인다

어느덧 폐광촌의 쓸쓸한 역사가 되어버린 그곳이지만
아이들의 순수한
웃음소리를 반기는 아버지가 있다
교실 밖으로 글 읽는 소리가 새어 나오고
눈 덮인 언덕길을 내려오다가

다시 올라가 미끄럼을 타느라 깔깔거리는
웃음소리가 골짜기 가득 울려 퍼진다

상동 아이들,
더 이상 개울물을 까맣게 그리지 않는 아이들,
피자와 스파게티를 좋아하고
콜라와 허니버터에 열광하며
예쁜 선생님에게 노골적인 러브콜을
보내는 아이들,

낡은 이층집들이 텅 빈 가로등에
어깨를 마주 댄 채 졸고 있는 그곳에
할아버지도 아니고 아버지도 아니고
늙은 어머니와 어린 손주가 남아
산골짜기 가득 무지개를 그려 넣고 있다

아침마다 거꾸로 솟아오르는 는개를 바라보면
사방이 고립된 하늘의 시간을 읽고 있는
고립된 동상들이 길을 내고 있다
하늘 아래 첫 유치원이 문을 여는 시간,
상동 사람들의 기침 소리로 동상이 깨어난다

정동진

동해의 모든 바다는 정동진에서 잠들고
정동진에서 깨어난다
푸른 해송의 기침 소리로 기적이 울리면
밤을 새워 레일 위를 뜨겁게 달려온
강릉행 기차는 파도 속으로 들어간다
레일처럼 발끝까지 붉어진 연인이 정동진의 소나무 아래서
웃고 있다
바다도 붉어지고 나무도 붉어지고
역사도 붉어진
정동진에는 사랑하는 사람이 오고 사랑했던 사람이 오고
사랑해야 하는 사람이 온다
사랑 그대로의 온전한 숨결을 아는
사람들이 몰려와 바다와 맞닿은
간이역에 자신들만의 타임머신을 새긴다

백년이 지나고 모래시계가 다시 시작되어도
그곳에 거역할 수 없는
사랑의 뿌리가 화인으로 남아 있을 것이다
두 사람만 아는 흔적이 정동진역을 알리는 플랫폼 가로등에
별빛처럼
새겨지고 있다
사랑하는 사람을 만나면 파도는
흰 포말을 쏟아낸다
사랑하는 사람을 만나면 바다는
청노루 울음을 운다
사랑하는 사람을 만나면 소나무는
맑은 종소리를 낸다
정동진에서 사랑하는 사람은 모두
푸른 하늘이 된다
푸른 주파수가 된다
낮은 바람이 된다
사람이 사람을 만나는 동안 한 번은
정동진에서 가서 파도와 바다와 소나무를
만나고,
돌아오는 길에 기차에 기대어
울고 있는 흐린 별빛을 보아야 한다

비익조의 달

동지 무렵 초승달 떴다
네가 보냈다는 짧은 편지 한 통을 읽어주려고
시린 종아릴 내놓은 채
울고 있는 소녀처럼,
어슷하게 돌아앉아 두 눈만 흘기고 있다
새의 한쪽 날개만 펼쳐놓은 밤하늘,
비익조의 날개 하나를 찾기 위해
밤을 다하여 서룹고 서룬 날갯짓으로
이름 없는 이름을 밤의 허공에 새긴다

죽음보다 간절한 나만의 이름이 있지만 함부로 부를 수 없는
운명이라는 이름 앞에 그리움의
날개가 돋아나고 있다
시리게 흰 상고대로 피어나
새벽을 먼저 밝히는 태백의 주목나무가
새를 부르고 있다
아니 일 년에 한 번 동지 무렵에만 뜬다는
비익조의 달이 너를 향해 천천히 기울고 있다

첫 사 랑

그 눈빛을 처음 만난 순간부터,
내 눈은 멀고 말았다

아주 오랜 시간을 걸어온 구도자처럼
낡은 외투를 걸친,
그늘 속을 비추는 별빛이 쏟아지고
너를 만나기 전에 만난 모든 사람들은
하늘의 시간을 빌려 온 빗물이었다

너를 만난 이후의 모든 사람들은
구름의 시간을 빌려 온 눈물이었다

뿌리의 끝까지 낮은 번개가 들어오고
바위틈 그늘의 허리 아래에서 풀꽃 한 송이
내 이름을 불렀다

황홀한 저녁이 불을 밝히고,
가슴 한 켠으로
빗물이 들어와 고였다

수평선을 걸어서 걸어서,
내게 온 제비꽃 한송이,
보랏빛 눈을 떴다

첫사랑이었다

뿌리가 전향할 때

지평 아래가 모두 동결되었다
숨 쉴 수 있는 틈조차 차단된
완벽한 결빙이 주는 안도감은 끈끈한 결속이다
물을 끌어온 왕조가 시작되었다
아무도 모르게 새로운 모의가 추진되고 있었다
흙의 무게가 사라진 어둠 밖으로
햇살이 무겁게 내려앉았다
새들도 무겁게 날고 있었다

탕, 탕, 탕
쇠가 튕겨 나가는 소리
개울가에서 들려오고
바람이 깨졌다
다시 3월이다, 지평으로 숨이 올라오고
허리끈이 풀린다
쩡, 쩡 어둠이 깃을 털었다
하늘 가득 연둣빛 발가락에서 풀냄새가 쏟아졌다

서리꽃 필 무렵

저 하이얀 은하수의 행렬이라니
밤새워 내린 별빛들이
갈댓잎에서 잠들어 있다
너를 만나기 위해
새벽을 달려온
숨결이 그대로 결빙된 채
나를 녹이고 있다
물고기의 입김이 피어오르는 수면 위로
낮달의 시린 얼굴이 화장을 하고
파도처럼 일렁이는
낮은 바람이
갈대와 갈대 사이로 그리움을 만들고 있다
너에게로 가서 연둣빛 움이 트려고
한순간도 강물의 눈빛을 벗어나지 않는다
사랑하는 것은 모두
은빛 심장을 가지고 있구나
서로가 서로의 가슴에 닿아 얼어버리고야 마는.

눈물이 난다

저 하늘 위로 물결이 간다

저 강물 위로 구름이 간다

저 가슴 위로 꽃잎이 진다

가을이다

눈물이 나도록 보고 싶어

단풍 수액을 맞는다

단풍 드는 법

단풍이 들면 나는 가슴이 젖는다
투명한 물속에서 핏물이 번지듯
한 방울의 피가 섬처럼 떨어져
온몸을 밝히는 동안,
혈관 끝에 다다른 가을이 더듬더듬 울음을 쏟아낸다
햇살 하나로 백일 이백일 삼백일을 지나야 붉어지는 너는
백 년을 두고 바라보아도 지치지 않을 작은 풀꽃이지만,
내 가슴에 들어온 순간부터
아주 오래전부터 꺼지지 않고 내려온 한 잎의 불씨였다
일 년에 한 번, 제 몸의 뿌리부터 불을 질러
아낌없이 태우는 나무에
풀꽃은 운명의 불씨였던 것이다
한순간의 절정을 책망하지 마라
얼마나 절실하면 해마다 저를 책망하며 불씨를 되살리겠느냐
말로는 전할 수 없는 뜨거운 불길을
그렇게라도 쏟아놓지 않으면
홀로 까맣게 죽은 피를 토하다
하얀 물안개로 피어나 산기슭을 거슬러 올라갈 것이다
뿌리 끝까지 붉게 타올라야 내 혼도 깨어난다

제 몸 안에서 모닥불 하나도 지피지 못하는

사랑은 얼마나 쓸쓸한 것이냐

나무가 심장부터 붉어져 온몸이 단풍드는 것처럼,

누군가의 심장을 불태우려면

내가 먼저 남김없이 타올라야 마침내 같이 물드는 것이다

그림자까지 그리운 사람 가져본 적 있는가

그림자에 새겨진 그 사람의
무늬가 하느님의 지문이다
누군가의 가슴에 그림자 하나 드리우는 일은
지상에서 가장 큰 설레임을 맞이하는 일이다
들꽃을 보아라,
제 그림자 하나를 갖기 위해 얼마나 먼 길을 돌아와
그곳에 뿌리 내렸는지
얼마나 깊은 족보로 수줍게 피어나
온 산을 물들이고 있는지
목이 긴 짐승이 강으로 내려와
제 그림자를 물속에 들여놓고
슬피 우는지 아무도 모를 일이다

돌아서지 말아라
그림자를 보이지 말아라
나란히 마주 서서 눈을 보아라
사랑하는 동안 그 사람의 눈동자에는
부처가 들어 있으니 행여 그림자가
되어야 한다면 그림자에게 심장을
내어 주어라

심장 소리가 들리지 않는 그림자는
슬픈 목관악기에 불과한 것이다
그림자까지 그리운 사람을 갖지 말아라
노을도 강물 속에 하늘의 집 한 채
지어놓고 물고기 닮은 그림자 하나
붉은 발자국만 드리우고 있을 뿐이다

가고파 그 집

하늘빛 그리움을 데려와 바다에 가두었다
물고기의 등쌀에 비죽비죽 입을 내민
바다 소나무가 긴 하품으로
무진 애를 쓰는 동안 마라도에서 떠내려온 천리향 한 알
두둥실 날개가 돋아난다
달에서 데려온 씨앗들이 갯벌 속에서 나이를 먹느라
밤마다 눈을 뜨고 있다
달빛을 훔쳐 먹는
빗살무늬 더듬이가 동동동 작은북을 울린다
나로도의 섬 언덕을 오른 물비늘이
날개 달린 바다 소나무 속으로 들어갔다
둥둥둥 큰북이 울린다
보름달이 떠오르고 밤하늘이 열렸다
먼 먼 그리움이 섬과 섬 사이를 맴돌고
섬을 떠나지 못한 사람들이 별처럼 돌아오고 있다

키 작은 포구에 어망을 내려놓고
깊은 잠에 빠져드는 달빛,
사람보다 그리운 섬,
섬과 섬 사이에 꽃 피는 그리운 언덕
가고파 그 집이 있다

세 번째   따뜻한 봄

당신이 따뜻해서 봄이 왔습니다

당신이 따뜻해서 봄이 왔습니다
빈 가지마다 햇살을 입히고
맨몸으로 시린 하늘을 건너와
소름이 돋아난 당신을 보았습니다
당신이 따뜻해서 봄이 왔습니다

당신이 따뜻해서 봄이 왔습니다
서러운 가슴을 모닥불에 재우고
도린결의 깊은 어둠을 건너와
햇살이 돋아난 당신을 보았습니다
당신이 따뜻해서 봄이 왔습니다

당신이 따뜻해서 봄이 왔습니다
홀로된 눈빛을 바람결에 뉘이고
풀꽃의 가녀린 꽃눈을 불러와
사랑이 돋아난 당신을 보았습니다
당신이 따뜻해서 봄이 왔습니다

파도야,
어쩌란 말이냐

밤새도록 너의 옥빛 살결이 내게 와 닿았다

거친 숨소리가 달빛에 젖으면 출렁거리며

백사장에 흰 별 무리를 쏟아놓았다

창문을 열고 손님처럼 들어와 가슴을 헤집어 놓았다

왜 이제 왔느냐는 듯 밤새 다리를 휘어 감고

활처럼 허리를 휘었다

방 안 가득 물안개가 자욱했다

항구로 돌아오면 뱃고동 소리에 너의 순결한 절정이 묻히고

물고기의 입김으로 해돋이를 불러왔다

온몸에 너의 새 피가 흐르기 시작했다

세상의 모든 절정이 푸르다는 것을 알게 되었다

하늘과 바다가 맞닿아 밤새 우는 이유를 알고,

사랑과 그리움이 한 몸이란 걸 알게 되었다

바다도 아니고 물도 아닌 섬 한가운데

서 있는 소나무의 울음소리가

푸르게 푸르게 돋아나 삼백육십오일,

너를 부르는

이유를 이제야 알게 되었다

첫눈을 기다리며

묵은 바람이 읽고 있던 시집을 넘겼다
팔랑팔랑 팔랑 세월이 넘어갔다
봄날의 어머니가 진달래 꽃물이 든 채로 웃고 계신다
아직 내가 당신의 몸속으로 오기 전,
그 순결한 몸속에서 달의 향기가 났다
겨울을 건너온 아버지는 곰취 냄새가 났다
청춘의 근력들이 흘린 땀방울로
강물이 불어나고 가을이 깊어갔다
어머니가 앉았던 자리에 샛노란 국화가 피어나고
아버지가 누웠던 자리에 쑥부쟁이가 피어났다
내가 어느 곳에 있든지 바람은 불어와
책장을 넘기고 책장마다 금국金菊을 물들여 곰취 냄새가 났다
내 안에서도 어느새 묵은 바람이 생겨나고 있나 보다
흰 머리가 하나씩 생길 때마다 기침이 나고
바람의 길이 얼굴에 생길 때마다
눈물이 난다
눈이 오려나 보다

아내의 맨발

유리컵 가득 투명한 어둠이 갇힌다

경계를 넘나드는 바람도 투명하게 갇혀 있다

떠남과 머묾이 공존하는

미명의 순간, 어둠이 맨발인 채로

실려 가고 있다

가섭존자가 실려 가는 부처의

맨발을 핥았듯이

새벽을 여는 햇살이 내려와

이슬에 실려 가는 아내의 따뜻한

맨발을 핥고 있다

아, 드디어

어두운 미명 속에서

연꽃이 눈을 뜨고 있구나

X맨

가족의 구성원이었지만 한 번도 가장으로 군림한 적 없었다
늘 식구들 편에 서서 묵묵히 나무를 해오고
장작을 패고, 새벽이면 어머니보다 먼저
군불을 지펴놓던 남자,
도시로 이사 와서 날품팔이를 전전하던 어느 날
노란색 형광 띠가 번쩍이는 작업복 한 벌을 들고 오던 순간부터
아버지는
가족들과 거꾸로 사는 X맨이 되었다
남들이 잠자리에 드는 시간 출근해서
밤새 낙엽을 쓸고 쓰레기를 모으고
먼지로 범벅이 된 채로 돌아와
가족들과 눈 한번 마주치지 못하고 잠자리에 들었다
늦가을 무렵, 술 한 잔 걸치고 돌아오는 길에
로터리 부근 도로에서 X맨을 본 일이 있다
나도 모르게 고개를 돌리고 지나치는 동안
X맨은 아무도 의식하지 않은 채 낙엽을 쓸고 있었다
그리고 새벽녘, X맨의 동료였던 남자의
다급한 전화 목소리를 들은 이후로는
다시는 그의 모습을 볼 수 없었다

X맨을 덮친 화물차 운전사도 결국

그의 가족에겐 X맨이었던 것이다

가족이면서 가족일 수 없었던 아버지의

뒷모습을 기억하는 나도 어느새

X맨의 옷을 입고 있다

아직은 새벽바람이 차가운 성북동 로터리 부근의

황금빛 실크로드를 지나

밤새 안녕하신 X맨을 만나러 간다

촛농

바람을 높이려고 촛불은 가슴으로부터
불을 피웠다
우주 한 귀퉁이에 설레는 씨앗을 품고
가만히 타올랐을 흔적이 심장 뛰는 소리를 모으고,
맥박이 길을 찾아가는 소리에 두 눈을 떴다

하늘이 밝아 오는 것도, 바로 그 순간이다
바람이 소리 없이 살찌고 화가 난 단풍이
자결을 하는,

슬픔을 아는 사람만이 붉어질 수 있다
상처가 아물지 않은 사람만이 속살을
들여다볼 수 있다
아파도 소리 낼 수 없는 눈물을 흘릴 수
있을 때
촛불은 바람의 심지에 불을 붙인다

단풍드는 것처럼 마음이 물들고
바람 부는 것처럼 슬픔이 물들 때
상처 난 자리에도 눈물이 돋는다

어머니가 나를 안고
등을 말없이 쓰다듬어 줄 때
뒷목에 툭, 떨어지던 촛농처럼...

꽃자리

꽃잎 진 자리

다시 꽃순이 돌아납니다

스스로 하늘을 열었던 그 자리가

우주의 가장 아름다운 꽃자리였기에

시간을 접고 하늘을 접어

별이 가장 가까운 곳에 우듬지를 세우고

눈길을 풀었습니다

다시 그대의 눈길이 머물러 준다면

꽃잎 따뜻하게 피어나겠습니다

순백의 바다

바다에 내리는 눈은 이차돈의 피다
까마득한 곳에서 길을 잃지 않고
순백의 뿌리에 도달했다
해마다 순결하게 바다의 심장에 다다른
눈, 파도의 포말로 응답한다
백사장은 온통 순교자의 피로
하얗게 물들었다
사랑한다면 목숨 걸고 지켜 내야만 하는 것이다
사랑한다면 심장 하나 쯤이야 기꺼이
내어 놓을 수 있어야 하는 것이다
그리하여 바다에 내리는 눈은 녹지 않는다
바다가 온몸으로 지켜내야 할 것들이
파도로 깨어나 눈을 맞이한다
내가 아는 모든 바다에는
사랑하는 그 사람이 살고 있었다

끝장마

공중을 오가는 빽빽한 언어를 적시고
빗살무늬문장이 몰려온다
능선과 능선 사이 뜨거운 호흡을 몰아넣고
흰 보라 물결 하늘을 건너온다
안나푸르나 빙벽에서 수만 년을 견디고 견뎌 온
영하의 시간이 녹고 있다
구름의 입자들은 저 홀로 뜨거워지고
은행나무 이파리가 달무리를 먹어 치우는 중이다

빗살무늬는 여전히 만행중이다

시조새가 하늘의 소리를 물고 비행중이다

후이여, 후이여 ~~

용마루 위에서 목이 긴 짐승이 울고 있다

빗줄기가 이륙하느라 분주한 지상에

마지막 무늬가 새겨지고 있다

태초에 나를 보냈던 내 어머니의 지문이다

살다 보면

살다 보면
그냥 살다 보면
살아진다
살다 보면 꽃피는 날 있을 거야

바람이 불어와 온통 가슴을 흔들어 놓고
갈 때도 있겠지만
살다 보면 언제가는 그늘을 드리우는
나무가 되어 있을 거야
강물이 소리 없이 흘러 바다로 가는 동안
네 가슴의 슬픔을 안아 줄 거야

살다 보면 그냥 살다 보면 살아진다
살다 보면 별빛인 날 있을 거야

어둠이 밀려와 온통 눈 앞을 가려 놓고
갈 때도 있겠지만
살다 보면 언젠가는 향기를 드리우는
꽃밭이 되어 있을 거야
강물이 소리 없이 흘러 바다로 가는 동안
네 가슴의 상처를 안아 줄 거야

살다 보면 그냥 살다 보면
눈 녹듯이 그냥 살아질 날이 있을 거야

바람이 불어도 꽃잎이 지지 않고
어둠이 몰려와도 가로등 불빛 환한
그런 날 있을 거야

살다 보면 살다 보면 살다 보면
언젠가는 내가 너의 등대가 되는
그런 날 있을 거야

멈춰버린
시계

내 기억은 오후 네 시에 머물러 있다
빈집의 툇마루에서 장독이 사라진
장독대를 바라보면 눈을 뜬 채
숨이 멎었다
어머니가 자식들이 돌아오는 대문만 바라보며
하염없이 밥을 주던 정물화 한 점,
아궁이의 불길을 기다리고 있다
가마솥의 물방울이 올라오기 시작하면
"야야, 밥 먹어라"
대문간을 향해 소리치던 어머니의 목소리가
낡은 추녀 끝에 매달려 흔들린다
오후 네 시, 어머니가 홀로 마지막 소풍을 떠나신 시간이다
바람 한 점 없던 늦옥수수 익어갈 무렵
가느다란 초침이 잠깐 흔들린다
오늘 어머니가 다녀가실 오후 네 시가 지나간다
빈집에 해가 저물고 있다
이십 년째 오후 네 시인 채로 머물고 있는
괘종시계가 깨진 장독 항아리를
이고 달빛 아래 흔들린다
"엄마, 엄마~"흰 무명저고리 한 채가
포로롱거린다

어미의 짐

정량리 가는 무궁화호 1호차 33번 좌석에 앉은 할머니,
자기 몸무게만 한 배낭을 짊어진다
할머니, 무겁지 않으세요?
정거장에 아들이 마중 나온다고 했어요
평생을 지고 온 짐, 아직도 지고 간다
자식을 길러 각지로 내보내고
잘 오지도 않는 아들 먹이려고
햇고춧가루, 햇기름, 햇콩, 햇김치
바리바리 싸 들고 뒤뚱뒤뚱 걸음을 옮긴다
자식은 죽어서도 어미의 짐이다
저 짐 내려놓고 나면 빈 배낭이
허전해서 어떻게 돌아설까
창자까지 다 꺼내주고 돌아서는
노모의 눈가에 이슬이 맺힌다
온기도 없는 빈집에 들어서서 어찌 눈을 감을까
배낭끈에 매달린 한숨이
취적취적 풍경처럼 흔들리고 있다

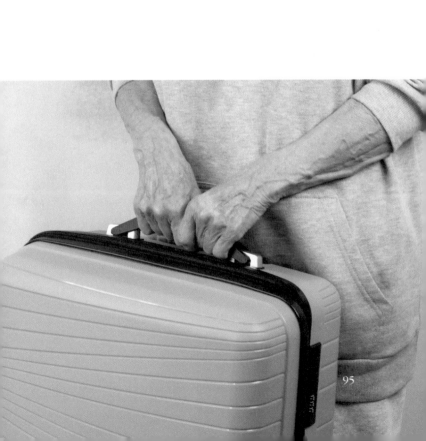

말표 구두약

말표 구두약 1,000원
짙은 어둠 속에서 솔질을 한다
까맣게 빛나는 구두의 눈빛을 마주한다
어둠이 짙어지면 스스로 빛이 될 수 있다는 사실을
알게 되었다
오십육 년, 내 이름을 걸고 누군가를 빛낸 적이 있었던가
아니 누군가의 이름을 한 번이라도 빛낸 적이 있었던가
아버지가 빌려준 호적에 명부를 올리고
어머니가 숨겨준 치마폭에 두려움을 묻은 채로
반세기를 살아왔다
뒤꿈치가 심하게 기울어진 아버지의 구두에 쌓여 있던
고단한 흙먼지를
당연한 듯 바라볼 뿐이었다

하얀 쪽배 고무신 두 척이 어머니를 신고 다니는 동안

나는 235미리,

뾰족구두 위에 한 번도 날개를 달아드릴 생각조차 하지 못했다

말표 구두약 1,000원

말을 태워드리기는커녕 하늘의 이름이 된

어머니 아버지의 이름을 빌려 나는 아직

뒤꿈치가 해지고 흙투성이인 내 이름에 솔질도 못 한 채

누워있다

어둠이 짙어질 때 달이 나와야

깊은 그늘이 될 수 있다는 것을 아는데

오십육 년이 걸렸다

해지고 터진 신발의 이름이 나를 끌고 간다

내 몸이 빠져나간 자리

나를 기다리는 유일한 빈 배 두 척

하염없이 하늘을 담고 있다

혹시

내가 죽으면 내 신발은 벗기지 마라

우리 아버지 찾으면 신겨 드리게

우리 어머니 찾으면 업어 드리게

김밥 천국

느낌표가 줄어든다
흔적도 없이 사라진다
까만 점 하나 남기지 않고
점 속에 박힌 형형색색의 줄기들이 눈을 감는다
노량해전을 치렀던 이순신의
판옥선 스물세 척을 몰고 유유히 사라졌던
무례한 궁상들이 천국의 문을 열고
들어선다
훈도시만 걸친 왜놈들이 빙 둘러서서
입맛을 다시는 자리에
속살이 하얀 처녀들이 빽빽이 모여 서 있다

기름기라고는 없는 음표들이 툭툭 튀어나와
입안을 굴러다니던 어머니의 보리밥 김밥,
붉은 동그라미보다 더 붉어져야 했던
양은 도시락이 개봉되던 그 날의 느낌표는 사라진 지 오래다

내 손으로 김밥 한 줄 말아 드린 적 없는데

나는 가만히 앉아서 천국의 김밥을 먹는다

화려한 속살과 기름기 번지르르한

비싼 몸값을 자랑하고 있지만

빨간 동그라미 속에서 웃고 계시던

어머니의 햇살 같던 미소가 사라진 느낌표 하나는

점, 점, 점

해거름을 지나서 천국의 모퉁이로 사라지고 있다

철길 위에 선 소년

여덟 살 소년이 철길 위를 걸어 간다
멀리서 기차가 오고 있다
소년은 까마득한 직선이 맞닿아 있는 곳을 향해 걸어가지만
레일은 좀처럼 좁혀지지 않는다

몇 번씩 철길 위에서 떨어지면서도
포기할 줄을 모른다
가면 갈수록 그 자리를 맴도는 것 같은
착각이 든다
철길은 그대로이고 풍경은 바뀌었다
기차가 가까이 오고 있다

기적소리가 울렸지만 철길이 맞닿은 곳을
찾아야 한다는 일념 때문에 소년은 철길을 포기하지 않았고
기차는 터널 속으로 사라졌다
여든이 된 소년의 아버지가 철길 위에 서 있다
소년이 마지막까지 찾고 싶어 했던 철길이 보인다

기차가 가까이 오고 있다
몸이 바람처럼 자유로워지고
철길이 꼭짓점을 만났다

멀리서 여덟 살 소년이 달빛을 받으며
철길을 걸어오고 있다

사랑하는 나의 별먼지에게

하늘의 시간이 열리고 있다
바오밥나무의 뿌리가 바다에서
나와 거꾸로 걸어가고 있다

바람의 시간이 적립하고 있다
우주에서 온 내가 별먼지로 온 그대에게
가는 동안, 생명이 깨어나고 있다

언어의 시간이 풀리고 있다
살아있는 전파를 수집하고 있는
알 수 없는 그들의 음모가 드러나고 있다

수억 광년의 별을 건너온 별먼지 하나가
우주에 단 하나 빛나는 생명으로 내게 온
그대에게 살아있는 미소를 건네고 있다

저 바닷속 찬란하게 피어난 붉은
산호초처럼
저 대지 위에 순수하게 돋아난 새하얀
개망초처럼

넌
봄이
야

넌 봄이야

넌 봄이야

넌 봄이었던 거야

봄이 왔어

봄이 온 걸 몰랐던 거야

아니 아니 봄이 너였던 거야

어쩌면 너는 어쩌면 나는 너에게 봄이었던 거야

어쩌면 우리 봄을 보고 있었던 거야

네 번째 설레는 봄

당신이 따뜻해서 봄이 왔습니다

당신이 따뜻해서 봄이 왔습니다

처음 만난 엄마의 눈빛이 그랬습니다

처음 만난 아빠의 눈빛이 그랬습니다

세상에서 가장 따뜻하고

세상에서 가장 인자한 빛

당신이 따뜻해서 봄이 왔습니다

지상의 사흘

하루살이의 시간을 빌려왔다
생의 절벽에서
마지막 72시간을 너와 함께 보내려고
하루살이 수천 마리의 목숨을 참수했다

눈뜸의 기억들을 저장하고
심장의 뜨거운 숨결이 머무는 동안
척촉화의 피로 너를 사랑하고
또 너를 기다릴 것이다
다시 하루살이로 태어난다고 해도
지금 이 순간을 후회하지 않을 것이다

시간의 기억들을 몽땅 저당 잡힌 채
조리돌림을 당한다고 해도
난 기억의 저편에서
자명고의 소리를 붙이는 은향초로
너의 시간을 투명하게 배접할 것이다

달의 입술

달이 내 입술을 핥는다
한 달에 한 번 손님처럼 찾아와서
밤이 새도록 술 냄새만 피우며
배배꼬다가 새벽녘이 돼서야
슬그머니 꼬리를 감춘다
밤새 나를 핥고 간 것은 바람이었나
휑하니 햇살이 건너간 자리에
산 그림자만 내려앉는다
달의 입술이 나에게 왔다

황태

황태는 천벌을 받고 있는 것이다
심해에서 태어났건만 천수를 다하지 못한 채
삼족이 모두 참수를 당해
대관령 덕장에 효수된 채로 걸려 있다
아직도 하늘 가는 길을 찾지 못했는지 두 눈 부릅뜨고
억울함을 토로하느라 입안 가득 성설 끓는 용트림을 쏟아내고 있다
황태가 백일 동안거에 드는 날,
화두로 삼았던 눈꽃은 이미 해탈의 경지에 이르렀지만
해제일만 기다리는 황태의
심장 속엔 차가운 별국만 가득하다
지천명의 목숨을 대관령 자작나무에 맡겨둔 채
저 황태의 입에서 녹고 있는 바람은 누구의 숨결인가
봄이 오기 전에 나도 누군가의 입속에서 별빛처럼 녹고 있을까

어머니의 손수레

박스를 가득 싣고 박스 위에 흰 눈도

가득 싣고 비척비척 사거리를 지나간다

눈의 무게가 굽은 허리 위에 내려앉았다

앞이 보이지 않는 길을 신호등도 보지 않은 채

한쪽 다리는 땅바닥에 뱀의 무늬를 새겨 넣으며 끌고 간다

첫눈이 오면 머리를 하얗게 물들이며

폴짝폴짝 뛰어다녔을 길을,

떨리는 손을 잡고 가슴까지 뜨거워 온몸이 녹아내리던 길을,

아이들의 햇살 떠지는 웃음소리를 들으며 반짝이던

그 길을, 이제 혼자 걷는다

빈 박스를 관을 접듯 어설픈 손과 발로

얼기설기 올려놓은 손수레가 술에 취한 듯 길을 간다

하루 종일 폐지 모아 쥔 돈 천삼백 원,

연탄 두 장 값이다

광부가 막장 속에서 캐내는 것도 결국

늙고 병들어 죽어간 우리 어머니의 상처였던 것이다

평창 찬가

백두대간의 심장이 여기 있노라
우주의 심장을 길어와
한반도의 혈맥이 시작되는 하늘 아래 첫 동네
여기서 하늘의 말씀도 시작되었노라
신사임당의 문장이 새겨지고
허난설헌의 운명이 깨어난 곳
해마다 순결하게 하늘의 씻김을 받아
순백의 영혼들이 지켜온 신령스러운
약속의 땅이 여기 꽃으로 피었노라
아, 이제 알겠노라
오천만년 전 지구의 성지로 만들기 위해
이곳에 백의의 깃발을 세운 뜻을,
2018년 오대양 육대주의 깃발이
모두 이곳에서 하나 되는 이유를,
아, 이제 깨달았노라
지상의 모든 뿌리는 여기서 시작되고
여기서 끝난다는 것을
한 번이라도 사랑을 해야 하고
한 번이라도 꿈을 이루고 싶다면

여기 태초의 땅 대관령에서
하늘의 자손이 되어야 한다는 것을
대관령을 품고 나서야 비로소 하늘과
땅도 하나 되는 것을,
이제 다시 여기서 백의의 깃발 아래
천지가 새 아침을 여노라
물도 깨어나고 바람도 깨어나는
우주의 중심, 평창이여 순결하여라

내 사랑의 거리

내 사랑의 거리는 그랬으면 좋겠다

한 여름 옥수수 두 그루로 서 있어도

바람 불면 두 손이 맞닿고

두 볼이 맞닿고 알알이 그리운 사연 채워나가는

내 사랑의 공간은 그랬으면 좋겠다

한겨울 바람 속에 소나무로 서 있어도

눈 내리면 두 눈이 젖어서

두 발이 맞닿고 총총히 애달픈 사연

보듬어가는

비어 있는 모든 공간 속에 별빛이 가득

채워지는 것처럼

숨 쉬고 있는 모든 기억 속이 너였다가

너였다가 너의 심장 소리였다가

내 안에서 나를 부풀게 하는

꽃잎이면 좋겠다

사랑의 언어

나무의 언어를 들으려고
달팽이는 느릿느릿 껍질을 매만지며 기어오른다
나무가 숨을 쉬고 물을 마시고
바람의 온기를 감싸는 고통스러운 몸짓으로
이파리에 작은 무늬를 새겨
넣는 동안, 세상은 고요해진다
꽃의 언어를 들으려고 애벌레 한 마리는
오체투지로 성지를 순례하듯 줄기를 거슬러 오른다
꽃망울이 돋아나고 꽃눈이 떠지는
그 순결한 순간의 고통스러운 몸짓을
자신의 무늬로 새겨 넣는 동안,
세상은 향기로워진다
물고기의 언어를 들으려고 꼬내기 한 마리는
푸른 이끼의 화신이 되어
침향이 된 꼬리로 지느러미의 물살을
알아듣는 것이다
소리 없는 언어로 세상이 고요해지면
바람 속에서 들려오는 나무와 꽃과
물고기의 진심을 알아들을 수 있을 것이다

어느 간이역의 코스모스에게

그대의 슬픔이
어느 간이역의 코스모스로 피어난다면
나는
그곳에 푸른 하늘을 드리우고
밤새도록 별빛의 숨소릴 내려놓을 것이다

누군가 와서 머물러 주길 바라는
빈 의자 위에 앉아서
게으르게 되새김질한 햇살로
간이역의 시린 담장을 물들일 것이다

나비가 내려앉을 때마다 하얗게 빨갛게
시침 떼는 코스모스를 위해
철도원의 발걸음 소리를 불러올 것이다

강물이 먼저 알아듣고 돌아누운 간이역에서
별빛의 무늬를 헤아리며
잠이 들 것이다

화석의 시간

너는 그곳에서 오랫동안 한 곳을 바라보고 있었다
혹시 지나가는 새들과 눈이 마주칠까 봐
숨죽인 채 초점 없는 허공을 응시했다
수만 년의 시간을 만지며 허공을 바라보는 동안,
너는 이미 가슴 속이 흥건한 못으로 가득 찼을 것이다
그 투명한 눈물이 못 속에 녹아들어
다이아몬드가 되었을 것이다
단단하게 굳어진 그것을 녹일 수 있는 것은 오직,
뜨거운 눈빛뿐이다
한순간에 투명하게 녹아버리는
떨리는 바람의 숨결로 너를 잡는다
돌아눕지도 못하고
그렇게 뜬 눈으로 아침을 맞이했다
그렇게 숨죽이며 달빛을 마주했다
다만, 한 방울의 빗물로
한 잎의 바람으로
수만 년을 버텼다
별과 만난 하늘이 거기 있었다

나무를 변호하다

일 년에 한 번씩
옷을 벗는 나무의 몸은
절정에 다다른 여자의 숨결이다
여름 한 철, 정성스런 애무에
태양의 심장을 훔쳐왔다
온몸을 불태워 한순간도
제대로 숨을 쉴 수 없어 링거를 꽂고 인공호흡기를 달았다
하루에 한 번씩 눈을 감는 나는
뜨거워지지도 않은 채
달의 살결을 유린한다
한없이 오래 사는 거북의 등을 뒤집어 보기도 하고
물속에 비친 목이 긴
짐승의 눈빛을 마주치기도 하면서
저절로 눈이 떠지는 시간까지도
뜨거운 바람을 불러오지 못했다
눈치가 빠른 나무가 먼저 내 허물을 덮고 나면,
하늘의 눈짓으로 알아듣고
첫정을 주었던 그날 밤의 약속처럼
흰 보자기 위에 붉은 까치밥만 남겨 놓은 채

홀로 절정에 오른다

사랑할 수 있을 때 사랑하지 않는 것들은

모두 죄를 입은 병자들이다

일 년에 한 번씩 옷을 벗는 나무의 몸을 보라

몸마다 뜨거운 숨결이 흘러도 부끄럽지 않고,

몸마다 치부가 드러나도 가릴 생각 전혀 없는

당당함을 입고 있지 않는가

바람의 유혹에도 끄떡없는

구름의 살맛에도 결코 몸을 섞지 않는

열녀의 집에 들어가려면

태양열 집열판처럼 차갑게 뜨거워지는 순리를 깨달아야 한다

먼 길 나설 때 몸을 정갈하게 하고

새 옷 갈아입고 헛기침을 하며

문밖을 나서면 비로소 현관문 위에 걸려 있는

센서등이 움찔 눈을 뜬다

절정에 다달아 몸 안에 아침이 환하게 밝아오는 것처럼

달팽이 장마

얼마나 두려웠는지 모른다
빗물이 강물에 부딪히는 소리
우레가 강물 속을 뒤흔드는 소리
아무리 움직여도 피난길은 더디기만 했다
박힌 돌을 찾아서 새끼들 손을 꼭 잡고
사흘을 꼬박 걸어서 도착하자
드디어 강물이 뒤집히고 돌이 굴러가고
한 치 앞을 볼 수 없는 흙탕물의 시위가 시작되었다
일주일이 지났다

어미가 먼저 아, 하고 혀를 내밀어 하늘을 맛보았다

구름 속에서 모유가 쏟아졌다

뒤를 돌아보았다

물속으로 이어지는 길마다 가로등이 환하다

다시 먼 길을 떠나기 위해 맨발을 내보이는 새끼들이 눈을 뜨고 있다

흙탕물 속에서 얼마나 많은 점액질을 쏟아냈으면

강물은 저리도 푸르러졌을까

새끼들 눈을 뜨게 하려고 어미는 일주일 동안

눈을 꼭 감은 채 몸 밖으로 끊임없이 진액을 쏟아냈던 것이다

그 눈부신 진액으로 새끼를 살리고

땅을 살리고 사람의 목숨도 살렸던 것이다

달팽이의 길이 어미의 길이었던 것이다

비 오는 저녁

비 오는 저녁, 꽃밭에 물을 준다

온몸으로 맞이하는 비는

우주의 섭리다

하늘의 물은 땅의 물과 다른 것이다

비가 내려도 땅의 물로 꽃을 피우고

땅의 물로 우주는 씨앗을 품었다

수만 년의 생명이 땅에 묻히고

그 흙 한 줌에 아버지의 뼛가루도 지문처럼 섞여 있다

비를 맞으며 물을 마시는 맨드라미

비를 맞으며 물을 주시는 어머니

물의 형상으로 몸을 빚을 때

물비린내가 나는 이유를 이제야 알겠다

단 하나의 노래

내 안에 섬이 있다
단 하나의 노래가 되는 섬이 있다
서편제의 돌담길을 따라
바다를 바라보다
아리랑 망부석이 된 사내가 있다
만질 수도 없고
안을 수도 없어서 노을이 된 우주가 있다
하늘을 베고 누우면 바람이 될까 봐
젖은 눈망울을 애써 감추며
별빛의 무늬를 헤아리는 척, 돌아눕는다

내 안에 너에게로 가는 뱃길이 있다
단 하나의 노래를 안고
묵호 등대의 불빛을 따라
바다를 바라보다
촛대바위가 된 가시내가 있다
만질 수도 안을 수도 없어서
바다가 된 물비늘이 있다

그리움을 베고 누우면 꽃이 될까 봐
젖은 눈동자를 술잔 속에 감추며
달그림자를 매만지는 척, 허리를 굽힌다
내 발 끝에 네가 다녀간 열꽃이 핀다
단 하나의 노래를 부르고
단 하나의 술잔을 비운다

아리 아리랑 쓰리 쓰리랑
아라리가 났네~에헤에헤
아리랑 음음음음 아라리가 났네

그물처럼 갈라 터진 심장 속으로
아리랑이 흘러 들어갔다
단 하나의 노래가 섬으로 돋아났다
내 안에 너라는 작은 섬이 생겨났다

다섯 번째 그리운 날

꽃마중

길이 끝나는 곳에서

그리움은 시작된다

이 길을 지나 그대 오신다면

내 마음의 불빛 열어

그대를 밝히리라

너에게 묻는다

일억만 년쯤 후에 다시 온다면

남산의 심장이 뛰는 그곳에

석탄이 되고 싶다

이 생에 못 다 피운 사랑,

그 사람 집으로 가서

아낌없는 불꽃 되어

함께 타오르고 싶다

무궁화 꽃이 피었습니다

첫사랑 소녀는 울고 있다

술래가 끝난 지 오래 되었는데

울음이 그치질 않는다

그는 돌아올까

다시 만날 수 있을까

첫사랑

뜨겁게 타오르고 나면

어둠만 남는다

너를 만났을 때 그랬다

그날 이후 나는 한 번도

웃은 적 없다

나무 생각

살아생전 옷 한 벌 사드리지 못했다

당신의 털옷을 풀어

내 윗도리를 떠 주시던 엄마,

저 나무 속에서 환하게 웃고 계실까?

순이 생각

고 빨간 빛깔만 보면

네 생각이 난다

앵두 같이 빨갛던 그 입술

해마다 유월만 되면

사무치게 보고 싶다

기다림

징검다리 건너며

내 등에 업혔던 그 애는

꼭 돌아온다고 했다

오십 년이 지났다

그 애는 아직 돌아올 생각이 없다

귀로

빈 배 가득
세월이 실려 있다.
가득 싣고 떠나도 결국
빈 배로 돌아온다
그리움만 가득 남겨 놓고

143

산딸기

산딸기가 익기 전에

돌아온다고 했다

일 년, 이 년, 삼 년...

해마다 산딸기는 열리는데

그 사람 소식은 없다

선물

너에게만 보여 주는 거야

이렇게 활짝 웃어 보는 건

처음이야

이제부터 네 모습을 기억할게

잊혀지지 않을 거야

사랑 배달 왔어요

산 넘고 물 건너

쉬지 않고 달려왔어요

빨리 와 봐요

왼손에 있는 선물도 보여 줄게요

술래잡기

구름 속에서 달이 나왔다

무슨 사연 듣고 왔는지

나만 빤히 쳐다 본다

술래도 끝났는데

돌아갈 생각조차 하지 않는다

꼬까신

누가 벗어 놓고 갔을까

하얀 꽃신

노란 꽃신

까만 꽃신

울 엄마가 사다 주신 꼬까신

이별한 여자

뒤도 돌아보지 않고 떠났다

저 문 나가고 나면

영영 돌아올 수 없을 텐데,

무정한 여자,

한 번도 돌아보지 않고 떠났다

누런 봉투

아버지가 사 오신
단팥 도너츠 다섯 개
옛날 통닭 한 마리
붕어빵 열 개
지금은 누렇게 바래진 그날의 추억

아빠! 오늘도 무사히

아빠가 떠난 탄광,

그 많던 아빠는 어디로 갔을까

찬바람만 하얗게 몰려 나온다

바위 소년은 지금

문바위 아래에서 살던 소년

바위는 작아지고

소년은 돌아왔지만

사람들은 모두 사라졌다

기차는 떠나고

팅 빈 철로엔

그리움만 남았다

역무원도 없고

차단기도 없는

그곳엔 사랑의 흔적만 남았다

아버지, 언제 돌아가요?

집 떠나온 사람들은

모두 하늘로 가고

북으로 가는 길은 막혔는데

아버지, 집에 돌아갈 생각을

하지 않는다

내 청춘의 기억 저장소

책을 팔아 라면을 사 먹었다

돈이 조금 생기면

죄책감에 하루 종일 기웃거렸다

이제는 유물전시관이 되어 버린

내 청춘의 보물 창고

여섯 번째 **좋은 날**

섬까지는 가야 한다

뱃사공이 안 오면

바람이라도 불러서

태양은 싫어

하얀 막대기 좀 치워줄래?

집으로 가는 길도

너에게 가는 길도

너무 멀다

그래도 태양은 싫어!

나는 지금 그늘을 여행하는 중이야

탁발

소리도 녹으면 물이 된다
땅 속의 중생을 깨우려고
결국 물이 될 줄 알면서
제 몸속 허공을 두드린다
부처가 녹는다

꼬리 높은 음자리표

큰 웃음 하나

놀람 하나

파도가 연주하는 악보 위에

꼬리는 덤이다

파도도 올 때마다 심벌즈가 울린다

저 안 보이죠?

이끼일까?

나뭇잎일까?

한참 동안 꼼짝도 않고

머물러 있다

나무는 간지러운 지

진저리를 쳤다

해봤니?

널 보려고

밤새 바다를 건너왔다

목욕재계하고

새벽 섬 자락에 누웠다

파도도 숨을 죽였다

운명이다

곡이 완성되었다

딴따다다딴, 딴딴딴딴

그래, 이거야

내 이럴 줄 알았어

야~~호

날아갈 것 같아

하얀 십자가

성부와 성자와 성령이

빙글빙글 돈다

세상이 정신없이 돌아간다

기둥 속으로는 짜릿하게 전기가 통하고

이제 누군가를 매달아야 할 시간이다

와송

천 년 고택 처마 위

홀로 서서 누굴 기다리나

고개 빼꼼 내밀고

햇살만 훔쳐 먹고 있다···

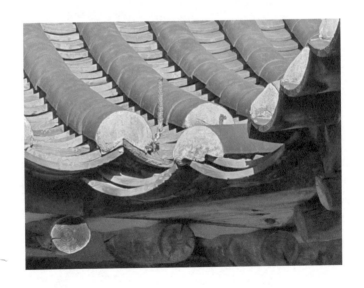

벚꽃 엔딩

입춘 지나자

옆구리가 자꾸 간지러웠다

누가 자꾸 꼬집길래 돌아봤다

하나 둘 셋 넷 다섯

연분홍 입술이 터지고 있었다

구름 발전소

한라산을 식히려고
구름 만드는 중,
바닷바람 불러와
뭉게구름 만들어 놓고
육지사람 들어올 때
그늘지붕 선물하려고

그래,

보고 싶었다는 말,

사랑한다는 말,

밥은 먹었냐는 말,

잘 지냈냐는 말,

괜찮냐는 말,

어떤 기원

칠층석탑 탑신마다

어머니의 기도가 들어있다

자식 위해 뜬 눈으로 밤을 새웠을 염원,

아직도 남아 있다

탐구 생활

오빠, 개미들은

밤에도 소풍을 가나 봐

아니야, 길을 잃었을 거야

건드리지 마

내일은 내일의 해가 뜬다

밥 굶지 말고

아프지 말고

걱정하지 말고

그냥 오늘도 어제처럼

그렇게 살자

응

하늘이 내게 물었다
이 세상 살만 하더냐?고
구름이 내게 물었다
어디에서 왔느냐?고
나는 다만 두 팔 벌려 대답했다
달이 뜨면 알게 될 거라고,

딱지치기

넘어가라

넘어가라

야, 자꾸 입으로 불지 마

치사하게 남자가 그러기 있냐?

보물찾기

제일 예쁜 돌을 선물할게

나중에 돈 많이 벌면

다이아몬드 반지로 바꿔줄게

그때 우리 결혼하는 거야?

진짜지?

사랑의 자리

둘이 앉아야 좋다

하나면 허전하다

심장과 심장이 맞닿아야

뜨거워진다

좋은 날

오늘은 네가 오기로 한 날,

의자도 비워 놓고

등불도 밝혀 놓았다

담쟁이들도 신이 나서

푸르게 벽을 덮었다

에필로그

세상의 모든 생명에 용서를 구한다
사랑하고 상처 주고 쓸쓸하게 한
죄를 고백한다
진심을 다하지 못하고 진짜가 되지 못했던
수난들을 사죄한다
불의에 항거하지 못하고
비겁하게 숨어 지냈던 시간들을 후회한다

들판에 피어난 작은 풀꽃 한 잎을 바라보며
봄이 오기까지 인내한 흔적을 생각한다
내가 만난 인연들에게 삼천배를 올린다
내가 살아갈 인연들을
가난한 시인의 이름을 빌려 오체투지로 뵙는다

이 시집을 펼쳐 든 아름다운 당신을
삼보일배로 뵙는다
그리움의 행간에서 봄을 기다리며
마음을 숙인다

진정, 당신이 따뜻해서 돋아난 이 봄,
제비꽃 속에서 피어난 달빛을 생각한다

2024년 봄을 기대하며
들꽃 김남권 올림

당신이 따뜻해서
봄이 왔습니다

초 판 1쇄 인쇄 2024년 3월 4일
초 판 1쇄 발행 2024년 3월 15일

지은이 김남권
펴낸이 이종문(李從聞)
펴낸곳 (주)국일미디어
등 록 제406-2005-000025호
주 소 경기도 파주시 광인사길 121 파주출판문화정보산업단지(문발동)
　　　　 서울 중구 장충단로 8가길 2 (2층)

영업부 Tel 031)955-6050 ｜ Fax 031)955-6051
편집부 Tel 031)955-6070 ｜ Fax 031)955-6071

평생전화번호 0502-237-9101~3

홈페이지 www.ekugil.com
블 로 그 blog.naver.com/kugilmedia
페이스북 www.facebook.com/kugilmedia
E-mail kugil@ekugil.com

* 값은 표지 뒷면에 표기되어 있습니다.
* 잘못된 책은 구입하신 서점에서 바꿔드립니다.

ISBN 978-89-7425-910-5 (13810)